胡冬林 著

MING
CHANG
ZHI
HU

鸣唱之狐

图书在版编目（CIP）数据

鸣唱之狐 / 胡冬林著. -- 长春 : 时代文艺出版社，2023.6

ISBN 978-7-5387-7107-7

Ⅰ. ①鸣… Ⅱ. ①胡… Ⅲ. ①散文集－中国－当代 Ⅳ. ①I267

中国国家版本馆CIP数据核字(2022)第226243号

鸣唱之狐
MINGCHANG ZHI HU
胡冬林 著

出 品 人：吴　刚
选题策划：焦　瑛
责任编辑：焦　瑛
插画作者：卜昭禹
版式设计：张　帆
封面设计：青空工作室
排版制作：陈　阳

出版发行：时代文艺出版社
地　　址：长春市福祉大路5788号 龙腾国际大厦A座15层 （130118）
电　　话：0431-81629751（总编办）　0431-81629758（发行部）
官方微博：weibo.com/tlapress
开　　本：880mm × 1230mm　1/32
字　　数：100千字
印　　张：4
印　　刷：吉林省恒盛印刷有限公司
版　　次：2023年6月第1版
印　　次：2023年6月第1次印刷
定　　价：29.80元

当你拿起这本书时，

我替我倾注心血写作的这些可爱的动物——青羊、水獭、熊、狍、马鹿、星鸦、狐狸、山猫们感谢你！

胡冬林

Contents
目录

MING
CHANG
ZHI
HU

第一章

狍妹挽歌

山上刚下过头场小雪。从林场下来的人说，荒沟的狍子脚印多得跟羊圈似的。初冬时节，草木枯萎，狍子吃草比冬候鸟早，天刚亮便起身觅食。

凌晨，去山上看狍子。

天光初现，四野灰蒙蒙一片，这时须注意看树林里那些黑沉沉的物体。它们大多是些二十世纪六十年代砍伐后遗下的树桩，还有一千年前火山喷发溅落的火山弹。乍一看，它们有的像藏在灌木后隐蔽身形的狍子，有的像匍匐在草丛中梗脖观望的野猪，有的像林深处倚树站立的马鹿，而且越看越像，这些自然物的形状有时能蒙住老山里人。

同伴叮嘱，狍子身上没有雪，身上落雪的不是狍

⊙ 晨光熹微中见一头狍子黑黝黝的剪影，它远远呆望我们，随后一纵一纵蹿入丛林，雪白后臀镜子般闪几闪便消失了。

子。再有，狍子耳朵偏大、耳壳薄，迎着光线看，头顶两边有两个模糊光斑。

果然，晨光熹微中见一头狍子黑黝黝的剪影，它远远呆望我们，随后一纵一纵蹿入丛林，雪白后臀镜子般闪几闪便消失了。

呱，呱，前方传来鸦鸣，低音喑哑，含警告意味。

同伴望了一眼，“胡老师，记住啊……”每当他讲话用这种口头语开头，我立即打起精神，注意听讲。“乌鸦如果落在树尖上，那是吃饱了呼朋唤友呢，如果落在树冠下边的横枝上，树底下准有东西。”

看见那头狍尸时，心猛地一沉。进山这几年，没有比看到遭人类猎杀的野生动物更让我感到心痛的了。

那是只初春出生的小母狍，才七个月大，未曾婚育。一根钢丝套勒在它修长的柔颈中间，深深没入细茸茸乳黄色冬毛，留下一圈暗色凹痕。近前两步，它那被乌鸦啄空的眼窝撞入眼帘，眼窝黑洞洞的，仿佛深得没有底……似乎乌鸦啄出眼珠后，又往深里啄，啄穿了眼窝下的骨膜，一直啄入颅腔。它的后臀被某种食肉动物撕咬得血肉模糊，吃去一斤多肉。下腹部也被撕开，胃囊破裂，淌出绿糊糊草浆沫，隐隐有臭气，表明它已经反刍消化了吃下去的食物。

唉，可怜的小母狍，临死前好歹吃了顿饱饭。

四处寻看，见两段条索状粪便，暗铅色表皮泛白，比青鼬粪稍粗长，有细粪尖。

“狐狸粪。粪条上有不超过四个轱辘滚儿，臭味中还带一股狐狸臊。”

果然，油亮的粪条上有三个微凸的圆隆结节，粪臭味中混合着类似狐臭的腺体异味。有高手仅凭闻味就能辨别出粪便主人的身份，如此我也试试。嚯，根本闻不得，臭气怪异且熏人。这么形容吧，这股怪臭黏在鼻孔里不走了，一整天闻什么似乎都带一股怪臭，睡一宿觉才恢复正常。

同伴翻动一下死狍，贴地的一面已冻硬，他说："狍子死不过两天，肉挺新鲜。狐狸昨晚来过，还得来。"又问我，"捡不捡？能剔二十来斤好肉。"

少年时在乡下，吃过狍子肉馅包子，也尝过狍肉汆丸子汤，有股子出自山野的鲜亮味。现在才七点，剔完肉上车回家，中午能吃到嘴。想到这儿，口中不由泛出些涎水。这时，脑海里掠过一段往事：前几年在鸭绿江中游的山林游荡，曾见一头大金雕从树丛中蓦然起飞。凑过去看，林地上有一具被吃去大半的狍子残尸。它被圈套勒死后，被乌鸦发现。后来金雕赶走乌鸦，霸占了这具狍尸，守着吃了好几天。由彼及此，这头狍尸应当归狐狸所有，乌鸦自然也有份。

同伴立刻同意，还提议把狍尸藏进路边的沟里，免得被他人路过捡走。说罢，他伸手去拽钢丝套，不料套绳嘣的一声断作两截。

“唉，这狍子死得真冤。这套子下了至少五年，都脆了。换个大公狍子根本套不住。小母狍被套在致命处，要套在腿上，踢蹬两下也能挣断。”

我把钢丝套从小母狍的脖颈上褪下来，再一次被它苗条娇美的身姿打动。唉，就这么个扭曲锈蚀的陈年旧套，夺去了一个活泼美丽的生命。

我们把死狍抬进山沟，藏在一棵倒木后面，又捡几根干树枝稍加遮盖。狐嗅觉极其灵敏，能很快找到这里。凭它的个头儿和力气，逮不住这么大的猎物。我很想知道，当美食失而复得时狐狸笑逐颜开的模样。

从山上回来刚两天，一场大雪铺天盖地而至，山上雪深三尺。当气温降到零下十三度以下，狐狸必须增加进食来补充热量。它腿短个儿矮，深雪中行走艰难，冬季常有一半以上的当年小狐冻饿而死。那头狍子能让它和乌鸦们至少吃上十天饱饭。

第二章

深林鸣唱

归途中，同伴讲起一件往事。

七十多年前，姥姥家住长春孟家屯附近，当时四周全是大草甸子。春天早上天凉，姥姥穿件大棉袍在院里捣酱。忽听远处犬吠马嘶，四个蒙古族猎手骑马在穷追一对狐狸。突然，一只被追得无处可逃的狐狸蹿进院里，它跑得张嘴吐舌，耷耳拖尾，脊梁上有血。自家的狗当即迎上去。在前后遭逢强敌的危急关头，狐狸竟一头钻进姥姥的棉袍底下，蹲在她脚边。匆忙中，她瞥见狐狸的肚子鼓鼓的，是一只怀孕的母狐。姥姥当时正怀着老舅，也挺个大肚子，因此格外同情遭难的狐狸。于是她斜坐在酱缸沿上，大棉袍底襟垂地，把狐狸遮挡得严严实实。猎人们骑马冲进院子，兜了一圈没找到，便问姥姥，看没看见狐狸进院？

“没看见，只看见一群狗撵个东西往东去了。”

家里的男人们见外人骑马进院，以为胡子[①]杀来了，纷纷操起家伙迎了出去。猎手们见状只得悻悻离去。

姥姥懂些中医药常识，会配小药治常见病，经常背个药匣子给附近人家看病。她生前使用的药匣子至今仍保存在家里，里面分成一个个小格，盛有不同的膏丹散剂。她常对人讲，救下那只狐狸以后，便无师自通会给人看病，专门给小孩和老人治病。我想，这当然对病人会产生一种心理暗示。

从此，姥姥给儿孙们立下规矩，谁也不准打狐狸。姥姥长寿，活到九十七岁才老去。

① 胡子：指胡匪。

⊙ 在前后遭逢强敌的危急关头，狐狸竟一头钻进姥姥的棉袍底下，蹲在她脚边。

近几年，觉得自己的写作方式跟在群山中跋涉的淘金人颇相像。有一天，找到了一条矿脉上流过的小河。挖一捧河沙漂洗，指缝间常留下几粒亮烁烁的沙金。把沙金一点点积攒起来，回炉冶炼，融化铸坯，然后细心琢磨，直到做出满意的雕刻。同伴孙喜彦是我的好友，一个精明的山货生意人，从前是猎手兼挖参人。他好比这样一条河，五年来，我幸运地与这条河为伴。

我曾在初夏之夜倾听雕鸮饱含情意的呼唤，像小狗唱歌，欧——欧——欧——欧——欧，音色圆润、柔和悠扬。少顷，从另一座山上传来多情的应答，两者的叫声几乎一模一样。这边立刻来了劲头，对方应答的尾音未落，它的歌声又起，如影随形，绵绵不断。它俩就这样你唱我和，像一曲配合默契的情歌对唱。暗夜中，春风拂动，花香阵阵，伴随着久久回响的雕鸮之歌，我长时间驻足，直到歌声渐渐远去……

这次聆听荒野之歌，却是在二月的亚高山雪原。黑夜沉沉，严寒肃肃，蓦地，远山深处传来一阵嘹亮的长叫：咯——咯——咯——嗞哇哇哇——嗞哇，嗞哇——

我一下子定在原地。这是什么动物的叫声？如此野性而陌生，却又像雕鸮之歌那样流露出热切的呼唤。前面的三声高叫“咯”，类似咕与咯的混音，准确的象声应发“够”音。这三声连贯高扬，一声高似一声，直入夜空，像初学打鸣的小公鸡头三声高叫。后面的“嗞哇哇”哮音，乍听上去近乎刺耳咆哮。再细听，仿佛又带出半娇嗔半着急味道。极似春日里灰背鸫一曲高歌的收尾，音质与音调陡地一转，拧个劲儿似的发出一串撒野般的裂帛声。这种呼叫四声至六声一组，呼叫者明显处在某种躁动性急的情态中，一组连着一组，叫起来频繁急切，没完没了。它毫无忌惮，透出荒野主人的身份；它高亢嘹亮，要把心事昭告四方；它声声催促，有股子心急如火的劲头……这到底是什么动物的叫声？

难道是另一种夜鸮长歌？在大冬天，不可能。在这片荒野，只有几种动物能叫这么大声。狍子？从未听过它这般鸣叫。这种谨慎的食草动物只在发怒时吭吭大叫，平时并不出声。鹿鸣？也不是。马鹿的长调牛吼般阔大粗犷，拖腔悠长，况且它在九月里发情。猞猁？不对。它躲在更远的边疆深山，只剩不到十只。我曾在电视中听过公猞猁的情歌，那种凄厉刺耳的怪声跟这种声音大相径庭。狼回来了？没有。它喜欢在海拔一百千米以下的丘陵地带生活，从未听说高山上有狼。还剩下三种动物，狐狸、青鼬和紫貂。后两种动物在三月发情鸣叫，现在不属婚育佳期。

狐狸？只能是狐狸。

少年时在乡下听村人说，母狐狸痛失爱子时，会发出一种像小孩哭似的哀鸣。后来在外国电影里看见狐狸在城里寻食，发出一种难听的干号。也有研究者撰文，说狐狸能发出四十六种不同声音与同类沟通，其中有发情期公狐警告对手的尖厉叫声，母狐寻崽的尖声急叫以及呼痛声、吠叫声等等。猛然间，想起不久前重读第四遍的保加利亚作家埃·斯塔内夫的动物小说《黑狐》。二十六年前初读，成为我了解狐狸的最早启蒙。文中说母狐狸在二月的发情季，望着月亮咕咕长叫……作者早年是狩猎爱好者，森林知识扎实，有多篇动物作品传世，不信他信谁？！

于是，在茫茫雪原，我眺望母狐狸叫声传来的方向，眼前浮现出一只毛茸茸母狐的窈窕侧影。它像小狗似的蹲坐着，双颌大张，仰头向天，肋扇大起大落，向漫天飞舞着银屑般冰晶的漆黑夜空，放声高喊狐狸世界的求偶召唤。这是一种歌唱与呐喊的混合表达，也是一种疾呼、一种宣告、一种迸发。它在夜空

⊙ 它像小狗似的蹲坐着，仰头向天，向漫天飞舞着银屑般冰晶的漆黑夜空，放声高喊狐狸世界的求偶召唤。

中上升上升再上升，形成一个不畏严寒、穿透黑暗的锋利声线，从太阳落山一直叫到夜半时分。它不是语言、不含词汇、不带含义，只是发自本能的情感表达，发自体内沸腾的火辣辣春情，必须叫出来、唱出来、从喉咙口冲出来。相比人类，这回荡在荒原的歌声没有旋律，更无音韵，令人感到非常陌生甚至疑惑不安。然而，在公狐听来却大胆直白，炽烈如火。它当即血脉偾张，热血滚沸，似离弦之箭向母狐叫春的方向撒腿飞奔……

最早的类人猿捕猎成功后，学会了囤积食物，使种族得以延续。狐狸也有这个特性，把多余食物东藏西埋。我跟喜彦探讨过，那只狐狸在大雪中找到狍尸，肯定会埋藏起来。他说，狐狸一顿只吃四两到六两肉，如果把狍子肉叼走埋起来，够它活半个月的。

早些年，喜彦还是个初把，把头领他们五人进深山挖参。那次贪多赶路，最后断了粮。把头找到一个狐狸藏食物的储藏洞，他至今记得十分清楚，里面藏着一只大嘴乌鸦、两只飞龙（榛鸡）、一只野鸡、三只高山鼠兔、一只斑鸠、两只野兔、三只山耗子（大林姬鼠）。九月下旬，海拔一千五百米的山顶地寒，尸体未腐烂。参帮凭借这些东西维持了两天，最后走出大山。

大年初四回长白山，见大集有人偷着卖野兔，背篓里装着六只肥肥实实的大兔子。随后连续蹚雪上山，见次生林带遍布野兔踪迹，才知去年是野兔大发生年。过冬的野兔刨不开厚雪，专靠啃青树皮，吃小树嫩枝为生，对幼树危害很大，狐狸恰是捕兔能手。狐狸正常寿命为十二年，但由于猎杀、疾病和在雪灾中冻饿而死，平均只能活三到四年。野兔多食物也多。也许，那只在雪原上高歌的母狐能存活下来？

狐狸山（我给发现母狐的地方起的名）距青松林

场七公里，我的住地距林场三十公里。为了观察那只（或那对）狐狸的生活，我打算开春去林场租房，写一篇狐狸的散文。这个念头缘于七年前在鸭绿江采风，听当地人讲述的一个传奇狐狸的故事，我一直当压箱底的宝贝，这回总算亮出来给人看。

第三章

初战神狐

二十世纪七十年代，集安一带猎行中有个名头最响亮的猎户，人称姚老大。此人每次上山只带三发子弹，不管飞禽走兽，三枪响过，肯定打够自己能背动或拖动的猎物回来。可是，有一年冬天，他彻底栽了，栽在一只罕见的狐狸身上。

那天上山，半路迎面遇上两个猎人。刚一照面，对方年长的那个便迎住他的目光。双方眼神对住，彼此略一点头，心下都掂出了对方的分量，各自暗吃一惊。

互通姓名之后，双方又暗吃一惊。他俩相互早已听说对方的声名，但谁都没想到，相邻两个县猎行中的顶尖高手竟能在山上碰面。

两人各自暗想，对方果然有异于常人之处。好猎手都具好眼力，因此眼神格外明亮锐利。同时心下也各自起意，都想看看对方身手究竟如何。

对方二人中年轻的那个说道："一块儿走哇。"

一块儿走。言下之意，如果在途中遇上猎物，正好比试一下枪法。这在姚老大看来，对方摆明了是在叫阵。

走呗。让到是礼，他示意对方先行。在自己的猎场，能见着什么东西，心里大致有数。再者，打头的人看见猎物的概率高，打猎讲究谁看见谁打。一旦失手，自己正好收丘[1]，一下子压你一头。

对方似看透姚老大心里扒拉的小九九，并不领情，示意让年轻人走在头里。啊，姚老大明白了，对方这是要抢打前边猎手打伤或打丢的猎物，这叫真

① 收丘：方言。意为收尾、扫尾。

功夫。打好了自己便没机会捞本，还反过来压自己一头。

咔嚓，他推弹上膛，枪上肩头，意在告诉对方：加小心，到时候谁打着可说不定。

那天下着蒙蒙细雪，视物不清。走在后头的姚老大看见，在西面山坡的雪地中有个小黑点。细看，像个蹲坐不动的狐狸，又像半截枯树桩，影影绰绰的，那东西头顶似乎没有积雪。姚老大眼力好是出了名的，这回由于正在飘雪，只有六成把握。但出于好胜心理，他冒险向对方叫板：

“看见山坡上那东西没有？是狐狸还是个树桩？”

对方果然分辨不清。

“那我打了啊。”

姚老大当仁不让。无论按猎行规矩，还是礼让客人，他已给足对方面子。话音刚落，右手举枪上肩，

⊙ 狐纹丝不动。子弹在它面前两米处溅起雪花。

迅即抡到眼前，左手托枪，抵肩贴脸，立马搂火。

这种出枪习惯早已在二十多年的行猎生涯中练成，赶路时扛着枪，猎物甫一出现，手动枪起，枪从肩膀抡到眼前这个过程即为瞄准过程。待枪至眼前端平，三点一线，目标已是囊中物。

枪声响处，三个人全看清楚了，那狐狸左肩处“噗”地迸出一撮碎毛，同时惊得向上蹿跳，狐狸落地后依旧蹲在原地，一动不动。

看样子，狐狸被打蒙了。距离虽远，仍是死靶。

击发毕，推弹上膛，枪回肩上，早已养成的习惯动作。枪响见物，没必要再持枪。他万万没想到，这次竟失手了。

一言不发，枪随手动，从肩上起。稍慢，中速降至眼前，抵肩贴脸，搂火。

狐狸右肩处“噗”地炸起一蓬长毛，同时惊得向上蹿跳，落地后仍蹲在原地，一动不动。

枪没离脸，二十年来第一次，瞄准约五秒，搂火。

狐纹丝不动。子弹在它面前两米处溅起雪花。

子弹打光。姚老大肩一晃，哐！枪砸在柞树干上。

那是他花去半年时间，东拼西凑，精心组装的一杆七点六二步枪，这枪他用起来特别顺手，有人曾出价一千五，没舍得卖。多年来，他把这枪当命根子……

第四章
银雪狐踪

很多人对我冬天还天天上山甚至打车进深山感到不解。我只回答一句，看动物足迹。

在雪地上，尤其是银白洁净的新雪上，细察和分辨动物与飞禽可爱的雪地留痕，这是在其他季节的森林无法找到的、令人心动的、别样的接近野生动物的方式。你会得到满足好奇心的小得意、探秘的小惊喜与愉快的审美享受。许多平时无法看见的夜晚出来觅食的动物，在雪地上留下了各种足迹与活动记号，你会感到这些森林里隐秘的兄弟姐妹仿佛近在眼前。你能猜它们想干什么、要什么花招、心情怎样，是吃饱后的嬉闹、匆匆觅食的脚步、受惊后的奔跑或是有意无意留下的种种雪地谜团，甚至能感受到它们快活的叫声、跑跳动作与身体的热度。当然，根据它们的脚印及其他印记，来辨识它属于你哪一门亲戚，是最先要做到的。其次，最好弄清它的性别、年龄、到哪儿去，等等。有时候，解开这类谜样的雪中疑题之后，获得的小小成就感和欣喜心情，会使你高兴得整天都不由自主地哼唱歌曲。洁净的银雪地，树木的蓝色阴影，或远或近的鸟鸣，透明晶亮的冰树挂，新雪的清香味道，突然闪现的动物身形，冒着雾气的不冻溪流，纵横交错的银砌兽径等等数不清的美丽画面，构成了冬季原始林的无尽魅力。所以，多年来，只要能挤出时间，我都要想法满足自己这个不太奢侈的享受。

二月份听见母狐叫春之后，又下了两场雪。苦等一周，道路通车，我立刻赶到青松林场。跟上次一样，车只能开到林场三公里外的养殖场，从那去狐狸山还有四公里。有上次车陷深雪的教训，只能步行前往。

今天，其他动物的雪上印记呈现的活力与美感记录暂时保留，只讲讲狐狸。

第一眼看见那五瓣金露梅花朵般的足印，直觉告诉我，那就是狐狸，这片荒野最常见的动物有狍子、野猪、青鼬和野兔，山狸子（豹猫）偶见，还有一些小型啮齿动物足迹和鸦科鸟类落地觅食的爪痕，犬科动物只有狐狸。

犬科动物中狼的足迹印最大，狗次之，狐狸印最小。成年赤狐的足印一般长五到七厘米或略长，宽四厘米左右；狐的前脚五趾，后脚四趾，但通常只留下四趾的印记，故一枚清晰的脚印由五个爪尖印、四个趾垫印和一个掌垫印三部分组成；印记呈椭圆形，其中的掌垫不算大，只略大于趾垫印；由于脚掌的四个趾垫与掌垫彼此靠得很拢，看上去像团缩在一起，所以像五瓣倒三角形花瓣组成的花朵；其中前端的两片花瓣近乎平列，另两个花瓣横着分列两边，下边是一片略大的单个花瓣（掌垫）。冷眼看，小狗与狐的足印十分相似，如何区分两种动物的足迹有个窍门：看泥踪时，狐的单足印中心隆起部分呈清楚的五角星形；狗足印比狐的略圆，脚指头张开着，中心的凸起七扭八歪。因此，雪踪的狗足印浅且模糊。当然，最大的不同是狗足迹出现在民居附近，而赤狐的足迹在山上。在银白色雪地上，狐足迹链不像野兔那样弯弯绕绕，也不像黄鼬那样跑跑跳跳，而是跑一条直线。它迈左前足时，左后足跟上来不偏不倚地踩在左前足留下的足迹上，迈右前足也如此迈步，一步是一步整整齐齐排成单行。足迹间的步距约二十五厘米，足印后带出蹚雪划开的拖迹。

在林中运材道没膝深的积雪中跋涉一公里，已顺脸淌汗，气喘吁吁。下道后跟在狐狸雪踪后边，深一脚浅一脚，雪时而没膝盖，时而没大腿，有时还掉进齐腰深的雪坑里。半小时后，已汗流浃背，张嘴干喘……两小时过去，眼下这行狐狸足迹毫无变化，依然洁净新鲜，未沾一星灰尘，尤其足印后边划开松软雪面的拖迹，白砂糖一样白得耀眼，在晨光中闪烁无数银亮光点。这行笔直的足迹链犹如拴在我脖子上的链条，牢牢牵去我的全部心思。要看到在银雪上的火狐狸，只有跟定这行足迹……唉，实在走不动，雪太深，右腿膝盖内侧韧带已被拉伤。还往前走吗？

走，不能走就试试在雪上爬，爬可能比走更省力。看看人家狐狸，小小的圆足印踏破浅雪层，踩在下面的陈雪上，嚓嚓嚓，轻松自如迈步，五公斤左右毛茸茸的身躯，像一缕火红的流云在雪原上漂移。在林区漫游多年，这辈子我绝不指望目睹东北虎、远东豹、棕熊、原麝等这些已经灭绝或正在灭绝的野生动物，但是我想在有生之年，亲眼看看冬日里火狐狸那深红火红橙红相间的夺目姿影。

对了，在聆听母狐叫春的当晚，回住处查阅了《黑龙江兽类志》，证明我当时的判断是对的。

据说公狐听见母狐的呼唤，大老远跑来与母狐见面，母狐会一连三天挑逗诱惑公狐。它俩像两团火球在雪原上飞奔嬉耍，欢快地兜圈子，厮缠着翻身打滚。母狐使出各种妖娆狐媚手段，迷得对方不吃不喝，神魂颠倒，像手里牵着的小狗，死心塌地紧跟在母狐身后，在煎熬中度过漫长的三天时间。

发情母狐的受孕期一年中只有短短的一到六天，这是它主动发出求偶召唤和连续数天引逗公狐的原因。雌性动物在排卵期交配才能成功受孕，母狐了解自身生物钟变化，精准把握住排卵的那几天。繁殖高

在雪原深处，雌雄赤狐正在表演时而交缠、时而转圈、时而疯跑、时而跳跃的欢爱之舞……

于一切，它只想达到受孕的目的。

我实在爬不动了，眼巴巴望着公狐在平整整的雪毯上碎步小跑留下的细长足迹链，一直深入到白茫茫的雪原深处……平时狐狸昼伏夜出，只在繁殖期间白天活动。也许，在雪原深处，雌雄赤狐正在表演时而交缠、时而转圈、时而疯跑、时而跳跃的欢爱之舞……明年吧，明年再来，不知幸运之神会不会让我一饱眼福？

第五章

再战神狐

狐狸跳上陡坎，利爪尽出，扒挠光滑的雪冰，像人的登山鞋钉留下五道划痕。

小孟打量新鲜狐印，这家伙个头不小，估计是只皮毛丰厚柔软、滑润生光的大公狐，这张皮可值老钱啦！跟，跟十天也跟！

小孟是姚老大最喜欢的徒弟，也算成名猎手，在一场新雪后追踪狐狸再清楚不过的脚印，自然有十分把握。从早上五点跟到下午两点，望见远处有个小红点。再近些，他心头一震，这不是师父三枪都没打中的那头火狐狸吗？

姚老大的事在猎行中议论纷纷，那头狐狸也随之成名。人人都觉得这事邪性，狐狸、黄皮子、蛇这三种动物，自古在乡下人心目中是三位大仙，伤害它们怕要遭报应。

这头狐身上有记号，左右两边肩胛处的皮毛被子弹各打出一个缺口。所以小孟一看就认识。

他心头涌上一股热流，钱不重要，放倒它才重要。

当把狐狸撵进一块庄稼地，顺垄沟向前飞跑时，他开了枪。一连五枪，打得它身上乱毛四溅，它依然在奔跑。地头有趟沟，当狐狸跑到地头尾巴一晃要下沟时，他换完弹夹，又打两枪。

七枪响过，狐狸跑过的雪地上，不见一滴血迹。

有老猎户说，这俩人犯了两大忌：第一，打枪时心没放平，憋股气，发挥失常。第二，这狐狸特别，冬毛比一般的狐狸长不少。本来身子有酒瓶这么粗，冬毛蓬松起来看着有四个酒瓶那么粗，因此造成误差，子弹贴着肉皮飞过去了。

事后小孟去找姚老大，俩人商量，豁出这个冬天啥也不干，专打这只狐狸。过了几天，俩人在山上发现了狐狸踪迹。于是决定，姚老大埋伏，小孟赶杖，伏击狐狸。

小孟体力好，满山兜圈子撵，花一头午工夫，终于把狐狸赶到姚老大的伏击点前面。累坏了的小孟坐在一棵倒木上，在山坡上居高临下，目送那团红火球似的狐狸迈着小碎步，颠颠颠一溜小跑，在姚老大的枪口前面横穿一片毫无遮挡的河滩地。

已进入有效射程，枪随时会打响。小孟紧盯着从容跑动的狐狸，只等枪声响起，狐狸一头栽倒的那一刻。

可是，枪却一直未响。眼睁睁看着狐狸走到正对枪口的最佳位置，枪仍未打响。

距离三十米，多清楚的目标，多好的机会呀！

难道老大睡着了？不可能啊？！

他忍不住跳了起来，扯开嗓子大吼：师父，快开枪啊——狐狸过去啦！

姚老大埋伏的树丛一点儿动静也没有，由于在高处，他隐约看见那里有个一动不动的小雪包，那是穿着白色伪装服的师父身影。

狐狸被他的喊叫所惊，加速奔跑，眼瞅着跑出了射程，渐渐消失。

小孟急火火朝伏击点跑去，生怕师父出了什么事情。可快到地方时，姚老大却自己站了起来。

小孟吼：你怎么不开枪啊，刚才狐狸就从你眼前跑过去啦！

姚老大答：我没看见狐狸呀，只看见一个穿红裤子红袄扎红头绫子的大姑娘，飘飘悠悠从眼前过去啦……

又过了一年。

一伙猎帮从山里归来，告诉姚老大说，百草沟看见一趟狐狸踪，又圆又大，估计是那只出了名的大公狐。

姚老大二话不说，叫上小孟，背上干粮直奔百草沟。那里有姚老大过去打猎搭建的地窨子，两人收拾一下，当晚住下。第二天上山找狐狸踪，不但找到了，还找到了狐径。

这次出猎，小孟多了个心眼儿，背来三把自制的地枪。两个人忙活一下午，把地枪下在了狐小径上。三把地枪，一把上制式步枪子弹， 两把上火枪弹。

当天夜里下了一场大雪，两尺深，把地窨子埋在雪底下。小孟从窗户爬出去，用木板在门前铲出一条道，喊师父开门出来。

地窨子是简易门，用一层厚草加上下两道横掌做成。里面一推门，只听当啷一声，一个金属东西从上横掌掉下来，碰到下横掌，落在地上。

姚老大捡起一看，脸登时变色，脱口而出：坏了，狐狸成精了！

手上是一颗步枪子弹。

两人赶紧蹚深雪跑到下地枪的狐径。果然，上步枪弹的地枪，子弹已被卸下；上火枪弹的地枪，弹筒里的火药已被倒掉。

这两件事在猎行中越传越广，姚老大亲口所言，又有小孟在场，于是，一个打不死的狐狸传说在民间流传至今。

第六章

灵狐之美

四月里在野外第一次看见狐狸，和听见鸊鷉唱响第一曲嘹亮春歌在同一天。

这是棵已枯死的空心杨，被人从南面半米处割一锯，从北面一米五处又割一锯，倒地后留下这个座椅似的空心树桩。坐进南面的缺口，身体被凹成半圆形的树筒子挡着，既隐蔽又舒服，还是个便于观察各种小动物的好地方。

西南方五十米开外，一棵枯榆树高处，有上中下三个大斑啄木鸟新凿的洞巢。昨天遥见两只啄木鸟在林间穿梭，可抽空来这里观察这对小夫妻的蜜月生活。距此二十米的山坡上，还有一棵百年老枯杨，树顶有一对灰松鼠夫妇的洞巢。三月的交配季节，曾看见这对不安分的小家伙吱吱咕咕欢叫着在树上追来追去。估计现在雌松鼠已产崽。这不，雄松鼠又悄悄溜下树干，下地找去年埋藏的山核桃。我这个厚椅背的横截面，曾被它当作临时餐台，遗下六爿从中间咬开的山核桃壳。这地方距林场约两公里，位于狐领地外缘。从租住房走到这儿正好歇脚。所以每次去狐狸山，都在这儿小憩一会儿，倾听各种小鸟的鸣唱，看看机灵的小松鼠和大斑啄木鸟忙碌的身影。幸运时还能看见粉艳艳的北朱雀，罕见的猛鸮和一两个亭亭玉立的狍影。

今年来狐狸山寻狐，心态放得十分平和。前两年曾去黑啄木鸟和长尾林鸮各自的领地寻找它们，去十次能看见一次已属幸运。狐狸也一样，领地范围至少二十平方公里，山高林密，枝繁叶茂，它能跑善走，行踪诡秘，偶遇概率可能连二十分之一都不到。

十七日下午一时左右，我静静坐在这个散发着微湿朽木香气的天然圈椅中，在午后阳光温暖的抚慰下，一边聆听一只小鹪鹩生气勃勃激昂跌宕的歌鸣，一边在本子上用文字记录它一曲又一曲花样翻新的春歌。突然，侧上方的山坡上传来簌簌簌刮擦枯枝叶声。急扭头看，一头矮个儿长身橙黄毛色的动物出现在坡顶。由于它在上风头，根本没察觉我的存在，迈着轻快利落的步子，自东向西，径直向我正上方走来。

狐狸！

我惊呆了，扭着脖子一动不动，那一瞬竟不敢相信，这十年九不遇的幸运居然降临我的头上！

我马上回过神来，全神贯注死盯着这个浑身沐浴在春日阳光下仿佛从天而降的金灿灿生灵。

简直是天降神物！

它火红的毛色在阳光中泛出金黄色光亮，随着它轻捷的行走宛如篝火明亮的火舌活泼泼跳动。下颏及胸口像猴头磨似的白得耀眼，闪动着一波波明晃晃的反光。金黄与黑褐相间的粗尾巴比它的一半身子还长，斜斜耷拉到地面，尾端有一簇洁白如雪的毛尖。忽竖忽收的三角形耳朵像一对黑蝶，沿平行路线扑闪扑闪缓缓飞行，在矮树丛里时隐时现。四条黑黝黝的短腿灵便地迈着小步，带动颀长匀称的身体无声前行，仿佛一朵贴地拂过的熠熠红霞，微微起伏、盈盈浮动……

它嗅到了松鼠的气味，猛地停下脚步，仰头向一棵斜倚在一棵树上的倒木尽头看去，双耳耸立前倾，鼻子在树干嗅嗅，双眼直视上方，抬腿踏上斜倒木，猫一样全身匍匐，悄悄上行三步，又停下来，再次抬头嗅闻空气并向上方探望。它刹那间一动不动，抻脖抬头，双目直视。这时的它，宛如从森林哺乳动物中精挑细选的举止最优雅的模特，身披闪烁着金橙色光辉的毛皮衣，专门为我登上舞台，摆出一个捕猎动物

仰头窥伺猎物的典型姿态。

老天爷，狐狸真美！

轻轻取出望远镜，它的整个侧脸清晰呈现眼前：湿润乌黑的圆鼻头，长尖吻，鼻梁上的浅毛区亮黄橙色，上唇边缘用画笔勾勒似的，从鼻头沿唇线至下颏描出一条前扬后凹再扬的雪白曲线。正是这条在嘴角处上翘的曲线与微眯的眼睛搭配，使它的面部给人一种笑眯眯又透出狡黠意味的典型印象。下颏亦现纯白，似乎专为衬托这抹微笑而生。前眼角下方沾黑，在鼻梁与脸颊的凹处形成一抹圆括形暗褐色斑块，

⊙ 这时的它，宛如从森林哺乳动物中精挑细选的举止最优雅的模特，身披闪烁着金橙色光辉的毛皮衣，专门为我登上舞台。

这就是老猎人常说的黑色文眼线。它的底部压在上唇的白唇线上，造成低凹的曲线，使嘴角上翘的笑纹更加鲜明。

相机！我这才想起还背着新买的五百毫米长焦。唉，把相机上的广角换上长焦，得用一系列小心翼翼的动作。不知哪一声轻微的磕碰，被驻足聆听的它收入耳鼓，倏地扭身从倒木上跳下，似一团棉絮轻巧落地，沿坡顶行走数步，黄澄澄的大尾巴晃了几晃，消失在低洼处。

早年买的一本小书《动物的语言》讲道：狐有本事听见二百五十米以外的吱吱鼠声，在五百米距离内可发现在树上飞来飞去的黑雷鸟。狐的听觉特别发达，三角形耳窝边缘有长长的毛边用来过滤杂音，极端灵活的耳朵能迅速准确定位声音来源及估算声音方向，误差不超过一度。可被辨别声音的频率范围在七百至三千赫兹之间。猎物或天敌稍有动静即被它觉察。

我起身沿山坡兜了个圈子，从侧面悄悄接近洼地。一边小心行走一边在心里痛责自己：永远当不了摄影人。刚才那一套笨拙的动作，应当在踏上山路的一刻完成。而我却心不在焉，痛失千载难逢机会不说，还惊走了极其机敏的狐狸。

洼地中央有座土坟，狐足迹清清楚楚印在正在融化的残雪上。它沿坟墓东侧由南向北兜了半圈，随后又出现返回的重叠足迹。西边有公路，路两边插着防火旗，被风刮得噗啦啦翻动。估计它从坟墓后刚露头，看见那排防火旗，吓得马上掉头回来转到另一侧，但立刻又停下来，双前足并排踏在一个小土墩上观察动静。瞧瞧，这双前足掌印在湿雪上多清楚啊，整体凸凹有致、黑白分明，就像精心制作的印模。掌垫印底部可见黑色冻土和纤细草茎。我不由呆望了半分钟，像揣摩女儿小时候天真心思一样（多数时候为吃好东西动脑筋），参透了狐狸脑海里的想法：早年的猎手利用动物怕火的心理，常用系着许多小红旗的长绳围住有狼或狐藏身的树林，在特意留出的缺口外布下阻击线，一次能把它们一大家子全部射杀。它们像怕火一样害怕红色的、带有难闻酸涩气味的人造布料。这只狐也一样，远远望见路边飘扬的红色防火旗，立刻止步不前。

咦，下一步，下一步狐狸上哪儿去啦？

我怎么也找不到狐狸在小土墩驻足后离开的足迹，就这么大一座坟头啊。我围着坟转了两圈，还是没找见它下一步的足迹。不能啊，它围绕土坟来回只兜了半个圈子，而这些足迹全在眼皮底下呢，清清楚楚的，就是没有它离开的印记，难道它长翅膀飞走了吗？

无意中向坟头上扫了一眼，哟嗬，在这儿呢。原来它蹿上坟头，从坟顶横穿过去跑走了。估计它在坟头扭头回望，发现我正悄悄走来，马上往坡下溜并用力一蹬，纵跃四米多远（狐可跳跃七米），钻进树丛跑掉了。

唉，不是狐狸狡猾，而是我太笨。人大多对坟墓敬而远之，而我在潜意识里觉得狐跟人一样，不会随便踩踏坟墓。我犯的错误在于，把人类的世俗观念加在了毫无顾忌的动物身上。在前有防火旗挡路，后有人跟踪的情况下，转身翻过坟头快速离去，是它采取的再恰当不过的逃避方式。

当一个人面对野生世界，如果把自己当成野生动物，以它们的视角去思考如何维持温饱，如何保证家人安全，如何在恶劣条件下渡过难关，如何合理利用生存资源，学学它们，我们便不再妄自尊大，可能会避免走上自我毁灭的道路。

它应该是头公狐。小两口在二月下旬交配，怀孕五十二天，如今幼狐刚呱呱坠地。母狐一般平均产崽五只，在育儿哺乳期，由公狐承担养育妻小的重担。现在万物复苏，冬眠的花栗鼠、高山鼠兔纷纷出洞，森林小鼠和昆虫也开始活跃，野禽陆续迁回北方，它获取食物的机会将大大增加。

当晚我翻阅《中国兽类踪迹指南》，有美国动物学家分析亚利桑那州的狐粪中含有的季节性食物成分比较表，表中显示狐狸一年四季都捕食啮齿类动物和昆虫，而且这两种食材在粪便中出现的频率（百分率）较高，以冬春夏秋四季依次对应，啮齿类动物为十六、二十七、三十三、三十九；昆虫为十一、四十七、八十八、五十七；浆果出现频率最高，分别为九十、七十五、十三、四十四；其中鸟类仅为零、三、二十一、十三；爬行类与鱼类最少，为零、三、四、零。我又找到法国和瑞典两国专家各自对本国狐狸基本食物的统计结果：

在法国，水鼭占狐狸食物的百分之七十八，野兔占百分之十，田鼠占百分之五。瑞典的狐狸食物构成中，养兔林的兔子占四分之三，当兔子因传染病流行数量骤减，它们的食物突然转向水䶄，水䶄包括好几个品种，像田野的水䶄那样的田鼠属动物狐狸最喜欢，其次是近棕红色水䶄等。在夏秋季，野豌豆、山葡萄、野生猕猴桃、越橘、桑葚、犬蔷薇的果子等各类野果、浆果可构成狐狸百分之九十的食物。它们还热衷于捕食昆虫的幼虫、鞘翅目昆虫、蚱蜢或蝗虫。

当然，上述三地的地理、气候等自然条件与长白山不一样，读者依然可看出我大费周章查找资料的用意：生物的存在即合理，况且以人类的庸俗价值观衡量，狐除了消灭大量危害林木的啮齿动物外，采食的大量浆果种子随粪便排出，成为一个漫游四方的播种机。可见狐狸是森林健康的守护者。一座森林若没有狐狸，这座森林将逐渐显露出生态失衡所带来的影响。

冬季除上山观赏、辨识动物足迹之外，还有一大好处：由于这个季节山里人比较清闲，好友们喜欢凑到一起喝酒。这时，只要我把话题扯到野生动物上来，在座的那些过去在山里讨生活的人（我这类朋友占多数）便立刻开讲，如此能听到许多山林故事。我一般不做记录，只认真提问。这时的大脑好比筛子，筛去沙石，留住璞玉。有一次，为引出狐故事，我讲述了姚老大的猎狐故事。当时酒桌上有七个老跑山的，他们竟对姚老大把火狐狸看成大姑娘、狐狸卸下地枪子弹等离奇之事深信不疑。可见姚老大不愧是猎行中的出类拔萃者，他了解乡下人的迷信心理，还知道如何利用。

酒桌上，勾起一件孙喜彦亲身经历的往事。听罢故事如获至宝，立刻感到这篇生长缓慢的散文已到开花结果时令。

为写好这个故事，遍翻以往的札记和相关书籍，还找到魏晋时期诗人王粲所作《七哀诗》。诗云：

山冈有余映／岩阿增重阴／狐狸驰赴穴／飞鸟翔故林……

第七章

报恩的故事

一九八五年春，孙喜彦进山采灵芝。夕阳西下，他走到一列长长的矮石崖前，见崖根隐隐有兽径，找找脚印，原来是狐径。再往前走，想找个天然崖窝或石缝搭帐篷过夜。忽见前方阴影中，有一团蜷曲的赭黄色东西，是一只落入圈套的狐狸。原来，有猎人看见狐狸紧贴崖根行走，便在狐径旁钉根木桩，在木桩上绑了个钢丝套，又在圈套前面布下一盘铁夹。可怜这狐狸不慎连脖子带一条前腿钻进套里被勒住。中套后必然拼命挣扎，结果啪的一响，前脚又被带一排铁齿的铁夹死死咬住，鲜血直流。

那天，喜彦走进了古诗描绘的落日余晖中的美丽图画。同样是归巢，一千五百年前的诗中狐狸与当代狐狸命运迥异。

他打定主意救它，小心翼翼靠近。狐勉强扭挣，肚皮侧翻，露出腹部八个微黑的乳头，乳头根部有鼓胀的粉红奶包，白色乳汁正从乳头一滴滴往外冒。

被铁夹夹住腿脚的狐狸，如果腿骨被铁夹打折，常强忍剧痛咬断伤腿自残逃生。正在给幼崽喂奶的母狐出于强烈的母爱，会毫不犹豫做出自我牺牲，但由于身体被死死套住，母狐根本够不到伤腿。

喜彦心头一震，布置这等机关的人是个深谙狐性的猎狐老手，为得到一张能卖上价的全狐皮，居然想出如此歹毒的招法。

看周围的挣扎痕迹与血迹，母狐昨晚中套，洞里的狐狸幼崽饿一天了。按老理儿：这个季节的哺乳动物母亲大多正在给子女们喂奶，猎行禁止上山打猎。

母狐的双眼睁得大大的，眼睛却黯淡无神，眼角有大堆眼眵，凄楚哀怜又十分紧张地盯着来人。喜彦

⊙母狐的双眼睁得大大的，眼睛却黯淡无神，眼角有大堆眼眵，凄楚哀怜又十分紧张地盯着来人。

曾在山上解救过误中圈套的猎狗，被套的时间一长，狗无精打采，眼神发暗，见了人露出可怜巴巴的神情，拼命摇尾巴，分明向人求救呢，只不过它不会说话。

狐不会像狗那样摇尾巴，却跟狗一样，懂得用眼睛向人求救。

见母狐眼角的眼眵，喜彦心里发酸，心急火大和长时间口渴，动物才这样啊。

他轻声对母狐说："别动，别乱动啊，我救你来啦！"

母狐听懂了话似的一动不动。

他碰了碰夹子里的伤腿，母狐疼得龇牙咧嘴。还好，腿骨未断。他掏出两张卫生纸，轻轻擦拭狐狸脚爪上的血迹。母狐眼巴巴看他，又惊又怕又疼，龇着尖牙，浑身抽搐，从喉咙里发出哽呜哽呜的怨声，但没有试图张口咬人。

喜彦小心而用力地掰开铁夹，轻轻挪动它的伤腿，放到旁边，然后捡一根树枝，试探着挠了挠它的脖子，说：“夹子打开了，别动啊，这就给你解开套子。”

喜彦是个典型的山里人，精神健旺，说话高声大嗓惯了，我实在想象不出他轻声说话的声音和模样。

他又轻手轻脚把钢丝套解开，脱困的母狐站起身来，不相信似的试着走了两步，随后快步向山梁走去。

喜彦目送它离去的身影。忽然，走出十几步的母狐停下匆匆脚步，侧颈扭头，一动不动望着救命恩人。

喜彦有些着急：“快走，快回家奶孩子去吧。家里有一帮饿得嗷嗷直叫的小崽儿呢。”

山里人把“奶”当动宾词组“喂奶”用，读作“nài”。

⊙忽然，走出十几步的母狐停下匆匆脚步，侧颈扭头，一动不动望着救命恩人。

母狐听懂了似的掉头离去。

喜彦放下心来，转身往回走，偶然一回头，看见母狐又停下来，蹲在山梁上呆呆地望着他。

“走吧，快回家奶孩子吧。”

母狐像个听话的小狗，转过身颠颠颠快步消失在山梁背后。

喜彦何等聪明，走了一段路已想明白其中原委：正在喂奶的母狐不用自己出去找食，这时候该由公狐供应伙食。母狐离开幼仔出去找吃的，说明公狐在母狐被套之前已经出事了。

猎人专冲这窝狐狸来的，为了便于观察和布下机关，他的窝棚应该离这儿不远。由于经常跑山，喜彦知道，有个崔姓猎手经常在这一带活动。

第二天上午十点，估计猎人上山行猎，喜彦找到了崔姓猎手的地窨子。果然，地窨子外面放着一个铁猫（捕兽铁笼），铁猫里关着一只无精打采、邋里邋逿的公狐。他打开铁猫的闸门，后退数步说：“走吧，回家去吧。老婆孩儿都等着你哪。”

狐狸迟迟疑疑走出闸门，突然明白了什么似的嗖的一下子蹿进树丛，转眼间消失不见。

大多数人认为狐性狡诈，其实它们常常中套和吃下毒饵。已被它叼在嘴里的野鸭装死，待它松口后振翅逃生的事情时有发生。然而狐确有聪明的一面，只要从俘获它的铁夹套索等猎具中逃脱，绝不再重蹈覆辙。

两年后，孙喜彦跟把头重回这座山林挖参。参籽正红时节，走到距离当年营救母狐处二百米远的一棵大红松树下，他眼前一亮，一片红彤彤的人参榔头（挖参人对聚成一团的参籽的称呼），好大个棒槌营子（成片的野山参）！按挖参人的规矩，先看见人参的人要喊一声“棒槌！”让参帮的弟兄们知晓。参把头也按规矩问一声，“几品叶？”这句问话后面的含

⊙ 两年后，孙喜彦在距离当年营救母狐处二百米远的一棵大红松树下，发现了一大片人参榔头。

义等于让参帮全体知道人参的生长年头，分量多重，按行价值多少钱。参帮收获后按人头分钱，一切收益公开透明。

当时喜彦大喊一声："棒槌！"

"几品叶？"把头遥遥相问。

"五品叶。"五品叶意味着生长三十年以上的参。

"快当快当！"把头回应。

唰啦啦，林子里一阵响，把头飞奔而来。

"棒槌！"喜彦又大喊一声。他不能不喊，眼前这一片红榔头，毛估有一百多苗参。

"几品叶？"把头边跑边喘粗气。

"老天爷，一大片哪！"

人这时乐疯了，换了谁都不知道咋喊。相传参帮的规矩是山神老把头定下的，可连山神也没料到能一下子撞见上百苗人参的情况，所以也没立下相应的规矩，只能任由发现者发泄心头狂喜。

那一年，喜彦从自己分得的一大堆人参中，随便拿出两包用苔藓土皮包裹的人参，卖得两万多元，买下现在居住的七十平方米两居室楼房。

今天他仍然坚信，由于那次营救了狐狸一家，冥冥中得到了狐狸给予的回报。

挖参人有句俗话：围着老埯子转，年年吃饱饭。自那以后，他每年都去那座山林挖参，每年都能在那个棒槌营子附近挖得几苗人参，从未空手而归。

第八章

爱子情深

林中小径上各种叶香、草香、花香一阵阵扑面而来。刚走出山刺玫馥郁的香阵，又进入幽香萦绕的铃兰花地盘；素淡清雅的山梅花香雾刚刚散去，又被大丛石蚕叶绣线菊的暗香笼罩。我知道，前面还有朝鲜当归、广布野豌豆、大苞萱草、鸡树条荚蒾等开花植物散发的浓淡不一、各具妙处、引得众多蝴蝶和蜜蜂醉倒花丛的袭人花香。冬天雪大，又逢倒春寒，季节比往年晚半个月，熬到六月，各种山花抢着闹着疯着纷纷开放。

自上次看见狐狸已过两个月，我从进山找狐狸的行走，变成了赏花听鸟采菜寻菇的漫游。眼看青草猛长，树叶大张，绿意葱茏，草木封山，瞥见狐影愈来愈没指望。

这时节，正值新生幼狍刚断奶，跟随狍妈妈辨识各种鲜嫩多汁的可食植物。一个赵姓山里人兴冲冲地告诉我，他骑着摩托车在林场去大垅地的岔路进去没多久，望见不远处的路边有个红毛物盯着来人，毫无惧怕之意。待驶近去，老赵认出那是只大公狐，身上的毛色红彤彤的，尾巴挺长，有一掐粗。这狐狸胆儿大，摩托车开到跟前都不躲，气哼哼冲他哇哇叫，好像跟人怄气，埋怨人把它逮小狍子的猎事给冲了。

八成就是我打过照面的那只狐狸。

大垅地又叫大白菜地，在它领地西边。而我这些天一直在东、南方向的树林里转悠，忽视了有村人活动的农田。

这个老赵和一个采蘑菇的老张都是山里通，常给我讲些亲身经历的跟动物打交道的故事。他的话激起我有些消沉的心气儿，明天去大垅地！

上午十点，阳光正暖。已行走四小时，从脸上脖子上抓下四个草爬子（扁虱，又叫蜱虫），前胸、后背已被汗水溻透，找个向阳高地歇歇，吃干粮补水。

从五味子藤缠绕的树林里跌跌撞撞出来，眼前突然一片明亮，绿茵茵的林中空地上有个平整的土台，还散布着几块平板石，是个早已废弃的窝棚遗址。好啊，在这儿正好可脱下衣服一边晒太阳一边抓草爬子。三下五除二脱下外衣，口中哼着歌，把衣服一件件展开，搜寻可恶的草爬子。忽然，隐约有吱吱唔唔声音传来。乍一听，像婴儿刚睡醒时舞动着小胳膊，口中唔呶作声。

荒山野岭，哪来的婴儿呀？侧耳细听，真有声音，娇气的幼兽稚嫩哼声或伯劳鸟的情歌啭鸣。前面有个土埂，猫腰溜到土埂后面，慢慢探出头去——没有啊，什么也没看到。

我站起身来，几乎近在眼前，一大团扁乎乎毛茸茸的东西，似乎在微微蠕动。我吓了一跳，熊，一头在草窝里蜷缩着身子睡觉的熊！

怎么办？大脑飞快运转：马上穿上衣服逃跑？还是取相机拍照？不管接下来干什么，都要先穿好衣服。

然而，没等我采取任何行动，已经看清楚那毛茸茸的毛团不是熊，而是几只挤在一起酣睡的小动物。

这时，那团东西有了动静，呼地站出一只半大“狗崽”来。一双琥珀色的圆眼睛睁得大大的，黑眼珠中心有个小亮点，一副受了惊的模样盯着我看。它身上的毛色橙红中夹杂着黑褐茸毛，鼓鼓的小奔儿头，尖脸尖嘴巴，竖着一对大大的乳白色尖耳朵，白嘴巴黑鼻头，整个头脸的毛色是鲜明的橘黄中透出亮橙。

一阵战栗传遍全身，我的天，一窝小狐狸！

在那一刻，我恨不得变成个朽木疙瘩，免得吓着

◎终于见面了，这就是我一直渴望见面的正主儿，冬夜求偶的歌者，这片荒野的女主人，森林中的红毛美人。

它们，这样既不打扰它们在太阳底下小睡，又能好好看看它们的模样。

一切都来不及了，一个大活人几乎直挺挺站在它们旁边。要知道，它们不是家养的小狗，而是远离人类的野生动物，骨子里跟人格格不入。

呱的一声叫，那站起来的小狐蓦地醒悟过来，撒腿便跑。吓昏头的它没有逃开，而是急火火围绕睡梦中的兄弟姐妹们一圈接一圈转圈狂奔。

浅睡中的小狐们开始骚动，有的睁开惺忪睡眼，有的张开粉红小嘴打哈欠，有的啧啧咂嘴犹在梦中，有的抬头竖耳谛听……该离开了，正欲迈步，传来簌簌簌一阵急促的拨动枝叶声，灌木丛中闪过一个赭黄色暗影。

树枝分开处，一只淡橙色成年赤狐的尖嘴脸探了出来。它的面部被阳光染上一片灿灿金黄，一双圆溜溜眼睛像猫眼发生变化，由深琥珀色转成明澈的浅黄玉色，黑褐色瞳仁缩小至黄豆粒大，使它的一副浅浅笑意中透出一股警觉与不安。

我心里一动，终于见面了，这就是我一直渴望见面的正主儿，冬夜求偶的歌者，这片荒野的女主人，森林中的红毛美人。

狐狸一直被女性所喜爱。我在这个世界上两个最亲的人——女儿和妹妹均深陷其中。女儿从小就爱画狐，还写过一首小诗，结尾一句是“微风中送来小狐狸的叹气……”（长大后她承认是默写的）每当想到这行诗句，我的心都暖暖地融化……妹妹喜欢各种狐造型的工艺品，在蒲松龄故居流连时，我才真正领悟这种喜爱的妙处：狐形态的千变万化，妖娆可爱，为其他任何动物所不能及。这种喜爱大概缘于狐具有猫一样优雅阴柔的女性化气质，妩媚外表掩盖下无意间流露的小狡黠；银雪中小北风拂顺的火红软毛，灵动柔躯与盈盈狐步；还有当遭受饥饿、天灾、疼痛、病患等苦难过后依然展露的明快笑容。

中国大地上流传千古的无数狐仙神话，一定出自生活底层的女性想象，漫漫长夜中祈念着对爱情的追求与梦想……在这一刻，我深深理解了女人心里隐藏的终极秘密，理解了蒲松龄这个未曾及第的乡村秀才、民间小说家的伟大之处，他破解了这个秘密。

老蒲留仙啊，我说得对吗？但愿我的问话跨过三百年时空送到你耳畔。

我呆定定站着，近些年“美女”一词泛滥，此时此刻，我面对的是一位真正的森林美女。

咈，咈，咈。它发出低而轻的短叫，打破了暂时的宁静。

噗噜噜——小狐们一下子跳起身来，一溜烟蹿进树丛的隐秘缺口，奔向林中的暗沟，估计那里有它们的洞穴。

呜喔，呜喔——母狐望着我，幽幽埋怨两声，随后走出树丛。大尾巴紧张地扫来扫去，用一种跟平时不太一样的步态，带点儿召唤地慢吞吞走过我的面前……说心里话，当它走出来的那一刻，我十分失望，刚才凝视我的炯炯目光及脸部的光彩骤然消失，眼前仿佛一幅熟稔的乡村家常景象：一只皮毛稀疏、十分消瘦的村狗从面前无精打采缓步踱过。

难道它不怕被抓吗？我有些吃惊，这么毫无防备，这么松懈，甚至有点故意与我拉近距离？还有，它怎么后肢发软，一条后腿有些拖拖拉拉跟不上步，受伤了吗？它侧身对我，忽然后身一矮似塌陷下去，举步蹒跚行走更慢。然而，它侧对我这边的眼睛不时偷瞄我一眼，闪出一个小小光点。

它在演戏！

我如梦方醒。以前上过母花尾榛鸡一个大当，在你伸手可及的范围跌跌撞撞逗引你去抓它（根本抓不着），直到把你从雏鸟旁边引开。后来我不慎误闯其他鸟类巢区，见过绿头鸭、黄喉鹀、白眉鹀等正在孵卵或育雏的母鸟们的诈伤表演。母狐当然精通此道，看来，它把我当成危及其子女的大威胁了。

我退回原地，以最快的速度穿上衣裤，趿拉着鞋，抱着背包，猫着腰快步离开。磕磕绊绊走出十余步，才回头看了一眼。母狐站在原地没动，警觉地目送我离去的背影。

第九章

猎者的结局

一亿七千万年前的恐龙时代，一些老鼠大小的哺乳类小兽在恐龙的阴影下穿梭捕虫。它们在恐龙灭绝后体型变大，确立了地位。狐狸即属五千多万年前古新世出现的食虫目动物的后裔。恐龙时代末期，食虫目动物在进化中发生了惊人的变化，出现许多分支，奠定了现代动物大系。约六百五十万年前，貌似狐狸的肉食性犬科动物开始活跃。当最后一个冰河期降临地球，狐与狼分道扬镳，狼偏重肉食兼杂食，狐偏向更实用的杂食兼肉食。这个分化当初看似平常，实际对动物物种的生存产生了根本影响：一万年前狗从狼族中分出，进入人类社会得以成功扩张；狼却由于丧失栖息地及猎物大量减少濒临绝迹。狐因食性改变带来身体器官的进化，成为杂食性的生存高手，如今广泛分布于北半球、非洲和澳大利亚。

我国自奴隶时代起，狐、貂、猞猁、水獭等毛皮动物便成为贡品，一直遭到猎杀。新中国成立后，狐被视为重要的经济毛皮兽类，大量收购皮张出口换汇。其中尤以吉、黑、内蒙古三地的赤狐皮质量上乘，使狐狸遭受大量捕杀。黑龙江省在二十世纪八十年代以前，年收购量平均三千余张，猎民亦有相当的自留量。一九八五年国际毛皮业涨价，带动国内收购价大幅飙升，一张一等赤狐皮价七百元（几乎等于我当时全年的工资），水獭皮八百，紫貂皮和猞猁皮上千，松鼠皮也涨至六十元，当时东北出现猎捕毛皮动物风潮。一个在长白山保护站工作二十多年的站长告诉我，二十世纪八十年代后期盗猎最为猖狂，从狐狸到松鼠，从紫貂到水獭，这些毛皮动物数量下降约百分之八十。幸亏后来采取了禁猎和民间收枪措施，这些动物数量正在缓慢恢复。

今年的采野菜季，上山路遇两个老姐姐在大树下歇息。唠一会儿嗑，认识了一种新野菜叫枪头菜（学名苍术），有扑鼻草香。唠起女人上山易遭受的惊吓话题，其中六十二岁的老李太太胆子很大，年轻时跟老头子上山打松塔蹲窝棚，半夜听见狍子、猫头鹰大声嚎叫。她说，猫头鹰叫瘆人，嗞哇！把老头子吓毁了。她倒没咋地。后来有一回上山背柴火，迎面撞见一个倒挂在树干上被扒皮、开膛、挖心的狐狸，雪地上淌一摊血。她第一眼把那当成半大孩子了，“妈呀”一声回头就跑，回到家大病五天。

一张狐裘大衣需用狐皮七至十四张；一件狐皮外套需用狐皮四至八张。用料量依狐裘考究程度不同上下浮动。

狐心自古以来为动物药。《东北动物药》一书中记载：

采制：心入药。多在冬季捕捉，剥皮后取心，放通风处干燥留存备用。

应用：补益，镇静，安神。治癫狂，适量。

《楚辞·九章·哀郡》有曰：“鸟飞返故乡兮，狐死必首丘。”狐死时头必定朝向它出生长大的山丘方向，这只是古词人的一厢情愿。无数被捕杀的狐狸均倒挂剥皮，头垂于地。

姚老大的生命结局我在长篇小说《野猪王》后记有交代，顺便说说孟炮的厄运：有一次出猎，隔一条深峡，看见对面树下蹲着一只火狐狸。峡谷又深又陡，即便打着了也无法拿到猎物。可是，这个明晃晃的活靶实在诱人，顺过枪瞄上打了一枪。

他的七九枪被没收，用的是打单发的老撅把子，打响后前方三米爆出一大团枪烟。冬季天寒，洗衣盆大的热烟似一团凝固的实体，悬在空中久久不散。反正猎物拿不到手，没等枪烟散去，他掉头上山。当天贪黑回家，背回一头新打的半大野猪。

第二天仍上山，走到昨天打狐的地方，往峡谷对面扫一眼，咦，狐狸咋还在那儿蹲着？难道昨天那一枪没打着？

举枪瞄准击发。随后侧移一米，让过枪烟，向峡谷对面望去，不由两眼发直，狐仍以原来的姿势一动不动蹲坐树下。

刚才瞄得准准的。咋回事？难道是个打不死的狐狸？！

他偏不信这个邪，索性不上山，花半天工夫兜老大一圈绕到峡谷对面。到树跟前一看，是个早已冻硬的死狐狸，脖子上深深勒着一个钢丝套，以蹲坐姿势被勒毙。胸、腹各中一枪。

又过一年，孟炮单肩挎枪，骑自行车去河套打狍子。走下坡路时，前轱辘硌在石头上，摔个大前趴，枪从肩上甩出去，枪身在空中转了个圈，枪托朝外、枪口冲人摔落在地。由于发生强烈磕碰，在落地的瞬间把狗头叫了起来。于是，摔得七荤八素的孟炮听见一声熟悉而清脆的击铁撞击声，一声枪响，弹丸正中右胳膊臂弯处……如今二十多年过去，他的右臂一直不能打弯，永远像根棍儿似的伸得笔直。

第十章

少年狐，愿你微笑常在

一个月连天大雨。好不容易等到晴天，迫不及待上山。原始林中第一批秋叶飘落，多是杨树叶和少量胡桃楸叶。覆盆子已熟透，捧在手中红玛瑙般殷红晶透。深蓝紫色的龙胆花打苞，这是秋季最美的花朵。大量带翠绿外皮的山核桃落地，今年是小收年份。一串串绿豆粒大的山葡萄挂满藤蔓，九月里当有大收成。细小的小花蛇刚出壳不久，在路边蜿蜒爬行。越橘进入采摘季，小燕子学会飞行，棉团铁线莲结籽，辽东楤木白花烂漫，头茬榛蘑露头，野玫瑰果实垂垂，长大的小鸳鸯聚成小群，各种蘑菇纷纷拱出地面……初秋时节，是大森林的黄金季。

自上次在大垅地与母狐一家偶遇，我没有再回去，那里显然是它们的家域。连国外专家都承认，狐狸是最难观察的。我不具备野外观察的方法、经验和设备，去那里只会再一次惊吓人家。不能只为自己写散文而使它们屡受惊吓，最后被迫搬家。这种事例我曾有听说。

谁知，在距大垅地三公里外的东山，又一次意外地与狐狸遭遇。

那里是一片山坳，不知为何当年没有采伐，留下了一片十分高大的鱼鳞松、红松、冷杉组成的针叶林。由于多年在山下的针阔混交林中漫游，我对暗针叶林的生物种类抱有极大的兴趣。所以只要是晴天，就带上干粮，整天泡在林子里。

那天和孙喜彦一起从林子里出来，在一条浅沟边他忽然站住，指着被压倒的青草形成的一条稍稍凹下去的浅迹说："胡老师，看见这条小道了吗？猜猜是什么动物？"

经他指点，隐约看出这是条兽径。过去，他曾领我看过獾子从洞口到沟底喝水踩出的小径，那只是一条青草略有倒伏微微泛青白的痕迹，没有相当经验绝看不出来。

眼下这条兽径比獾小径窄一些、深一些，因此更清楚一些。有些被踩倒的青草已经磨损破皮，破皮处是嫩白新茬儿，冒鲜草浆，是动物常走的路径。

早年读过一篇写狐狸的译文，其中专门有一段讲述狐径的特点，最近曾重读。这下子可逮着一个在他面前显示的机会，于是引用文中原话答道:

“经得住狐狸压，就经得住人压。孙猴子（我给他起的外号），这是条狐狸小道。”

他用惊讶的目光看我一眼：“这老头哎，准看过书。别出声，我先你后，跟着踪蹓蹓。”

这下正挠到我的痒处：拍摄狐狸的诱惑实在太大了！在不打扰它们的前提下，哪怕拍一张照片呢。于是尽可能小心翼翼行进。脚下有茸细绵软的青草，身边有盛开的大蓟、山飞蓬、翠菊等野花环绕，微风送来针叶林淡淡松脂清香，耳畔有虫儿唧唧哩哩秋唱。这世上能有几人像我这样，亲身体验在狐径上轻巧挪移滋味？！

大约潜行二十分钟，鬼使神差一般，猛然觉得右侧有某种生物的目光正盯着我。扭头望去，几乎喊出声来——狐狸！

两只狐狸一立一卧。站立的那只侧身扭头机警地望着我们。躺卧的那只正闭目安睡。

野花青草间，绿树环绕中，两只毛色橙红的狐宛如画布上的逼真写生，安然不动。

好一幅宁静的画面。

我瞟一眼喜彦，他已回身，凝神静观那对狐狸。

这时节狐夏毛稀疏，身形瘦长，而且它俩的身形比成年狐要小一些。春天出生的幼狐成长飞快，四五

⊙ 野花青草间，绿树环绕中，两只毛色橙红的狐宛如画布上的逼真写生，安然不动。

个月即成龄。看那好奇且不知畏缩的目光，看那不明人类为何物的神态，这是一对刚刚离家自立尚不知愁滋味的少年狐。

赤狐的最大天敌有狼、猞猁、金雕和捕杀幼狐的大鵟。这种在数万年间形成的敌对关系已深深印刻在它们的遗传基因里。奇怪的是，每个在山上遇见狐狸的人都说它们并不怕人。为什么它们没有把人类——这种采取的猎杀手段无所不用其极的捕猎者列入骨髓记忆名单？

我想大概有两种可能：首先，这种遗传印刻是物种进化的一部分，是为使种群躲避危险、延续生命。但是，遗传基因的印刻过程要有一个比较、验证之后再加以确认的时间过程，有时候这个过程很漫长。其二，我们的兄弟物种远比我们宽容、单纯、乐天和容易满足。例如美国为获取皮毛，曾大肆屠杀西海岸的海獭，最后只剩下七十只。这种屠杀持续的时间不长，随后便采取了保护措施。现在优哉游哉漂浮在海面的海獭允许人类在身边同它们一起漂浮，没有丝毫恐惧。所以，只要人类停止杀戮和虐待动物，让它们自由自在生活，它们将很快忘记人类对它们犯下的血腥暴行，重新与我们和睦相处。

此时，我们面前的狐狸没有叫醒同类，仍用那种无邪无畏的眼神望着我们，而且像猫一样稍稍抬高下颏，后肢着地蹲坐下来。看它眼神里透出的机灵劲儿，四个多月前在大垅地被我惊醒，慌乱地围绕同伴转圈飞奔的红毛小狐大概就是它。

“这小家伙冲咱们笑呢。”

喜彦低声说。一贯粗声大嗓的他，这么小声说话可真没几回。

小家伙是在笑。雪白的嘴角上翘，暗褐的眼角上扬，眯缝眼，一副笑吟吟的模样。冷丁看，好像迎面遇上邻家的小狗。瞧啊，它伸出了粉红色的小舌头，舔了舔下嘴唇，又伸出一双前足抓了抓地面，突然张嘴打了个惬意的呵欠。

喜彦拽了一下我的胳膊。是啊，该走了，让它俩在自己的天地里自在生活吧。喜彦分开树丛钻进树趟子，离开狐小径。我跟在后面，忽然想起一件事，伸手拍拍他的肩膀。

他回头冲我摆手，意思先不要开口，怕惊动狐狸。走出一会儿，他回头，“胡老师，我知道你刚才想说什么。”

“什么？”

“你想说，这两只半大狐狸，就是刚上冬咱俩把狍子留下做好事那回——哎，就是那个狐狸，它生的狐狸崽。”

正是，我俩想到一块儿去了。

知道犬科动物会笑，还是女儿六岁时教给我的。

有一次陪爷爷去买东西，女儿指着一扇窗户说：“爷爷呀，你看小狗冲咱们笑呢。”

爷爷抬头去看，果然窗台上蹲着两只小狗，笑眯眯向窗外看。

儿童的天性与动物有许多相通之处，他们往往比大人更懂得动物的喜怒哀乐。

犬科动物绽开笑脸时两眼发直，下颚放松，黑鼻头后面堆满皱纹，目光中透出温柔神色，这时它的内心充满欣喜。吃饱的动物最开心，开心的时刻最好看。初秋是森林万物的成熟季也是收获季。刚成年的狐狸在这时候离家自立，它们同熊、野猪、貉、獾这些不挑食的森林伙伴一样，进入一年中食物最丰盛的增膘长肉期，每一天都像过大年，能不感到高兴和满足吗？过年的时候孩子比大人高兴，野生动物的孩子也一样。

两天后，在市场遇见卖蘑菇的老张头，他说香菇可炖排骨，珊瑚猴头可炒肉亦可做菌汤，各买一斤回去尝鲜。聊天中，他告诉我在山上发现一个獾子洞，被他用倒木严严实实给堵上了。

听了这话，我觉得那不可能是獾子洞，獾子拥有多个出入口的洞穴群，最多的洞口有十三个，他不可能全部堵上或全部找到。狐狸有贮藏食物洞和临时避难洞，它的主洞穴一般只有一个出入口。进洞后有一段三四米长的过道，尽头是主卧室，整个洞穴是个死葫芦。当然，也有狐和獾在宽大的洞穴群同住，两家各居一隅，互不干扰；还有狐利用獾弃用的旧洞居住；我知道有老狐狸看中獾子的新居后，趁主人不在家（狐打不过獾，獾亦追不上狐），进洞到处拉屎撒尿，搞得臭气熏天。獾恰恰是爱干净、讲卫生的动物，在洞外有多个专用排便坑，嗅觉又特别灵敏，回家看见到处一塌糊涂，一气之下会放弃居所，另辟新洞。

凭我对獾子的了解，它肯定能逃出来。但万一他堵的是个狐狸洞呢？狐可不是獾那样的挖掘能手，还喜欢白天蜷在洞里睡大觉，那岂不惨了！于是请老张头明天带我去找那个洞。他答应了，但要求我凌晨四点在家门口等他，跟他一起上山采蘑菇。

第二天天不亮即出发，七点左右找到了那个洞。从远处已看见洞口翻出的新土，悬着的心马上落地。另外，这里不属于狐狸能看中的巢址。它喜欢在山沟里的背旮旯、乱石塘、倒木堆等阴暗隐蔽处挖洞。四周找找，果然有三个出入口，全被老张头用倒木牢牢堵上。獾真是好样的，用钉耙一样的前爪在倒木旁开出一条通道，像个小力士一样把倒木给推了出来。我趴在洞口闻了闻，一股潮润的森林棕壤的新土味道扑面而来。狐洞脏乱差，洞口常丢弃鸟兽骨头羽毛等，还有股熏人的狐尿骚味。

顺便说一句，那天的行走是一年中最劳累的，近八小时跟在老张头身后漫山遍野寻找猴头蘑，经过一段很长的泥泞路段，须在稀泥汤里跋涉，还摔了两个大跟头。不过，也因此知道了自己跑山的体能潜力。回头想想，今年最劳累的三次山林行走，全都为了狐狸。其中一次去了喜彦当年救狐狸的旧地，雨中来回跋涉三十六华里[1]。

二十五岁那年，二爷从黑龙江的阿城来家里做客，他告诉我最重要的一句话是：记住，咱们家老祖宗和胡三太爷是把兄弟。

胡三太爷是狐狸，我们家老祖宗是熊。

我家是伊彻（新）满洲正白旗恩牛录西大院当差。祖先是居住在松花江下游的赫哲族，胡姓由呼什

① 华里：长度单位，1华里等于0.5千米（公里）。

哈里氏族名而来。万历十五年，努尔哈赤在费阿拉称后金汗，开始不断征抚东海女真和黑龙江女真。老祖先被收服后编为新满洲部众，归清朝统辖。

赫哲呼什哈里氏供奉始祖神为熊。

我曾问过喜彦，熊跟狐是啥关系？

“胡老师，记住啊，狐狸是蹭饭的，蹭熊的饭。我们在山里见过，熊正在吃或吃剩的动物尸体，狐狸经常溜边偷吃，再不就等熊吃剩它来吃。”

这与北极熊同北极狐的关系一样。狐狸有个与其他犬科动物不一样的地方：除了在肛门附近长有肛腺之外，在尾根处还长有一个特殊的专门分泌麝香味的腺体，这个腺体欧洲各国称为紫腺，日本称为名刺。所以，狐身上带有一种山里人称为狐臊的刺鼻狐臭气味。国外专家至今对紫腺的作用不甚明了，猜测可能与发情期传播信息素有关。

熊鼻子灵敏度极高，自然受不了这种气味，因此从来不碰狐狸。狐狸也利用这一点敢在熊餐桌旁打转。狼和熊不同，属食肉动物，又因食量大常挨饿，逮着什么吃什么，饿急了也不顾忌什么狐臊味。

我的老祖先观察到熊与狐的关系，当然无法给出科学的解释，便以人与人的关系去理解动物与动物的关系。见狐常伴随熊左右吃它的剩饭或与之共同进食，自然认为这两个不同种类却有福同享的动物是拜把子关系。

三十年前，二爷把接力棒交到我手里。如今，到了把“四海之内皆兄弟”这句古话重新书写的时候了，我与山上的狐狸是兄弟，人类与四海之内的野生动物也是有福同享、有难同当的兄弟——亲兄弟。

第十一章

与狐应答

老天爷，不，是胡三太爷，在本文进入修改阶段时，赐给我一个鲜活的结尾。

九月二十日下午，上山拍白鬼笔照片，顺手采了一斤多冻蘑（亚侧耳）、大杯伞和几颗柳树蛾（毛头鬼伞幼菇）当晚餐。黄昏时到河边，沿河南行三华里有一窝水獭，这四个小家伙傍晚出来觅食。幸运的话，能看见它们在水中游动的小黑脑瓜和划开水面的大三角波纹。

河边有我最喜欢的散步小道。秋分将至，路上新铺一层青杨落叶。昨天一场雨，地面潮湿，落叶亦未干透，除走路不时刮擦路边草木发出轻微声音，几乎没有任何动静。突然，扑棱一声，一只水獭在身边一米处跳入水中。伸头扫视河面，巴望它能像上次那样从不远处露头。等了好一会不见踪影，我起身前行，上游有它们的老巢。

天色渐暗，四野寂静。水獭久未露面，该回家做晚饭了。我悄悄沿原路返回，刚走了四五分钟，蓦地，河对岸的原始林中响起一阵尖叫：

喳——喳——喳——！

第一声叫惊得我全身一震，后两声叫已大喜过望，狐狸！

它在宣布主权并警告外来者不要擅入领地。

听上去，我俩相距二十多米。未感觉有风，我蹲下来，判断出我在下风头，它应该嗅不到气味，准是听见了身体刮碰草木的声音。

它的尖叫不如狍的抗议声响亮且有杂音，我的老烟枪加破锣嗓学起来正合适。于是，我模仿它的尖叫回应。

汪、汪、汪！它转而愤愤吠叫，声音低抑有力，短促凶狠。能感觉到它真生气了，把我当成敌对者，亮出了恫吓与驱赶的叫声。不过，这吠叫像个半大小狗，透出些许年少稚嫩口风。

我心跳加剧，吠声再次证明它确是狐狸。狼、狗、狐都会吠叫、尖叫、嗥叫和哀鸣，其中狐的叫声早已被人们遗忘。而我在一年中能亲耳聆听狐表达多种不同含义的叫声，真乃万幸！

趴在地上，隔着草木观察对岸黑沉沉的树木，同时以吠叫回应。小时候常学狗叫招惹恶犬，心里有这份自信。果然，听见我惟妙惟肖的叫声，它立即停止吠叫，随后对岸的丛林响起刮碰草木的声响，一只较大的动物正在树丛中穿行而来。

它被我发出的针锋相对的吠声激怒，决意一战，

向我这边冲了过来。速度很快，而且真急了，噼里噗隆不惜弄出挺大响动。

从声音里听得出，它冲到河边，停下脚步，再不发出任何声息，想必在窥探我的反应。

河宽不足十米。黑暗中，它和我全都一动不动，紧张而专注。所有感官都在倾听、在凝视、在感觉，罩定对方所在位置。

一狐一人，隔河对峙。

借着河水的微弱反光，我睁大眼睛，牢牢盯住对岸树丛边缘一个微微泛黄、疑似狐头的东西。是一张大大的枯叶，还是它浅颜色的嘴脸？我拿不准。然而，我相信对方知道我在哪儿。在这个具有数千万年进化史的夜行性动物面前，我的一切暴露无遗。

寂静，无止境的寂静。间或，有两三声鸟儿浅睡

梦醒发出的叮叮啼鸣，河水流过岸边枯树打个旋响起的咕噜噜水声……那个浅色的东西从未动过，只是张枯叶。任何人都不可能看见一只隐身于黑暗丛林的狐狸。

起身离去时，我想，也许有那么一刻，我曾跟它在黑夜中对视。

静静行走，尽量不发出任何声响。三分钟后，在对岸的森林，相距二十多米，与我并行的方向，又响起它愤愤的略带稚气的大男孩般的吠叫，汪——汪——汪!

呵呵，这小家伙火气真大，不依不饶紧紧跟随，非要把我这个老狐赶走不可。

汪——汪——汪。我亦连声回应。

狐吠一声，我回一声；狐吠一组，我回一组。于是，在河两岸，相距二十多米，一狐一人，边吠边并排而行。

这是我人生中绝无仅有的体验，相信世界上也没有几人有此经历——同一只狐用狐狸使用的凶巴巴语言相互应答。

大约走了一里地，它仍旧意志坚定。似乎我走多远它就驱赶多远，绝无罢手之意。渐渐地，我从得意中清醒，我俩之间的对叫属一种对话，但绝不是什么好话。它说的是，快滚，离我的地界远点！我呢，全靠模仿它的叫声作答，模仿得越逼真，意思越明了，它听了越生气。我得到了兴奋的体验，对它却构成一种打扰，而且极不礼貌，甚至是挑衅，对它太不公平。罢了，越早离开越好。

于是噤声疾走，可我的行踪根本瞒不过它那双顺风耳。小家伙仍同我保持平行距离，口中仍愤愤不平。我有些着急，难道得开跑吗？不行，跑起来声音更大……

汪——汪——汪！远处突然响起真正的犬吠。雄壮粗重低沉，似声声重鼓，显然发自一头体型壮硕的大狗胸腔。

我心中一喜，一公里外有火山观测站，后院养有一只体重七十斤以上的大黄狗，一定是它在吠叫。狗与狐势不两立，这只凶悍猛犬听见狐的叫声，立刻应声怒吼。

狐吠立止。

“对不起，狐狸兄弟。”我喃喃道。今晚上它遭受的这一气一惊，全都因我而起。

我有些负疚又满心欢喜地往家走。它的领地横跨寒葱沟及两侧山地，这一带离家最近。今年落雪后可有事干了，天天背上长镜头上山找狐狸足迹去，或许能在飞雪中远远瞥见它火红的轻灵身影。那时，我将续写我的狐狸笔记。